鬥嘴一班 ⑥

給牠一個家

卓瑩 著

新雅文化事業有限公司
www.sunya.com.hk

目錄

人物介紹

文樂心
（小辮子）

開朗熱情，
好奇心強，
但有點粗心
大意，經常
烏龍百出。

高立民

班裏的高材生，
為人熱心、孝
順，身高是他
的致命傷。

江小柔

文靜溫柔，善解人意，
非常擅長繪畫。

胡直

籃球隊隊員，
運動健將，只
是學習成績總
是不太好。

黃子祺

為人多嘴，愛搞怪，是讓人又愛又恨的搗蛋鬼。

周志明

個性機靈，觀察力強，但為人調皮，容易闖禍。

吳慧珠 (珠珠)

個性豁達單純，是班裏的開心果，吃是她最愛的事。

謝海詩 (海獅)

聰明伶俐，愛表現自己，是個好勝心強的小女皇。

第一章　會動的毛毛球

今天一大清早，天上的烏雲便一
團接着一團地圍攏起來，並不時轟隆

隆地打着雷，像有一羣張牙舞爪的魔
鬼在天上開派對。

　　江小柔坐在校車上，仰望着暗如
黑夜的天空，擔心地跟旁邊的文樂心
道：「心心你看，天空黑得好像快要
塌下來了。」

　　文樂心不以為意地說：「沒關係

啦，已經快到了，我們一定可以趕在下雨前回到學校的。」

不過，天上那羣「魔鬼」好像偏要戲弄她們，當校車來到學校前方，車門一開，大滴大滴的雨點便無情地灑了下來。

滿以為不會下雨的她們來不及打開雨傘，只好急步地跑到旁邊的屋簷下躲雨，然後才匆匆從書包裏拿出雨傘。

就在這時，江小柔感到左腳旁邊好像有些什麼東西在蠕動，她急忙低頭一看，只見一團白色毛茸茸的小毛球，正瑟縮在地上。

江小柔驚叫一聲，急忙往後退了一大步：「這個會動的毛毛球是什麼怪物？」

　　文樂心膽子比較大，小心翼翼地湊上前一看，笑道：「小柔，不用怕，這只是一隻小狗，不是怪物。」

　　「真的？」江小柔上前再看清楚，只見那個會動的毛毛球果然是一隻狗，牠的體型細小，全身長着雪白的毛髮，蜷縮起來的確挺像一個毛毛球。

　　文樂心皺起眉頭，不解地問：「奇

怪，小狗不是都活蹦亂跳的嗎？怎麼
會一動不動地伏在這兒？」

　　江小柔蹲下身仔細地看了看牠，
才發現小狗雪白的右腿上，竟然有一
片紅豔豔的血痕。

　　她吃了一驚：「原來小狗受傷了
呢！」

這時雨勢越來越大，即便是站在屋簷下，陣陣雨點也隨風打在她們臉上。

「小柔，雨下得更大了，我們進去吧！」文樂心着急地道。

當雨點大顆大顆地打在小狗身上時，小狗試着出力撐起身子站起來，卻始終不成功，一雙圓圓的黑眼珠直視着江小柔，似乎是在向她求救。

江小柔心裏十分不忍：「我們這樣一走了之，那牠怎麼辦？」

文樂心撓着自己一雙小辮子，為難地道：「但是我們得回去上學啊！」

江小柔心念一動：「不如我們先把小狗帶進去，替牠療傷後再偷偷把牠放走不就行了嗎？」

　　「可是，我們不懂怎樣替小狗療傷啊！」

　　江小柔冷靜回應道：「你忘了我爸爸是獸醫嗎？我家裏也養了小貓，我曾經見過爸爸如何幫小動物處理傷口，況且小狗的傷口又不算深，我想我可以試試的。」

　　文樂心其實也很想幫小狗，於是沒多想便答應道：「好，我來打傘掩護你！」

　　江小柔小心翼翼地把小狗抱起來，温柔地說：「小狗乖，千萬別吵，我們帶你去療傷啊，上藥後傷口很快便不會疼了。」

　　文樂心替她撐着傘，一步一步地向着學校大門走去。

當她們經過在門口站崗的工友姨姨身旁時，文樂心故意把雨傘往她眼前一挪，剛好把江小柔的上半身全部擋住，總算成功把小狗偷運進去。

　　　江小柔噓了一口氣道：「我們快到醫療室取藥水和繃帶吧！」

　　　當她們撐着傘走過操場，正要往醫療室的方向走去時，身後忽然有人喊道：「喂，小辮子，快上課啦，你們還要去哪兒啊？」

是文樂心的鄰座高立民啊！

她們赫然止步，可是她們既不敢回頭，也不敢往前走，一時間進退兩難。

高立民見她們形跡可疑，忙快步跑上前來，當他見到江小柔懷中的小狗時，吃驚得張嘴欲叫。

文樂心
急急把指頭
放到唇邊，
示意他不要聲張。

　　江小柔走到他身旁，低聲地解釋
道：「小狗受傷了，我們只是想幫牠
包紮傷口，拜託你別揭穿我們啊！」

高立民看見小狗還在淌血的傷口，也很是同情，但還是出言提醒道：「你們這樣大模大樣地走進醫療室，必定會被老師發現的啊！」

文樂心焦急地一拍額頭：「那我們該怎麼辦才好？」

時間已經不容她們再多考慮，江

小柔果斷地道:「我可以不去醫療室,但我們必須找一個安全的地方。」

高立民靈機一動,說:「我知道有一個地方最安全。」

她們異口同聲地問:「是什麼地方?」

第二章 可愛的小白

原來高立民口中的安全地方，就
是他和文樂心的「秘密基地」。

所謂「秘密基地」，就是位於三

樓洗手間後面一個小小的轉角處。這個小空地是高立民首先發現的，後來文樂心偶爾闖了進來，於是便成為她和高立民共享的秘密基地。

第一次來的江小柔驚訝地喊：「噢，學校原來有這樣一個地方啊！」

文樂心詫異地望着高立民：「你不是說不能帶任何人來這兒嗎？」

高立民驕傲地一昂首，擺出一副很通情達理的樣子道：「既然情況緊急，我便姑且破例一次，小柔你一定要保守秘密啊！」

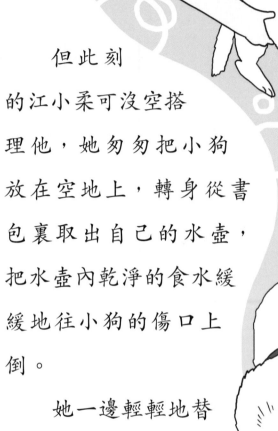

但此刻的江小柔可沒空搭理他，她匆匆把小狗放在空地上，轉身從書包裏取出自己的水壺，把水壺內乾淨的食水緩緩地往小狗的傷口上倒。

她一邊輕輕地替小狗沖洗傷口，一邊溫柔地跟小狗說話：「你全身都是雪白色，

不如我叫你小白好不好？」

　　傷口清潔乾淨後，她再從裙袋裏摸出一條小手帕，細心地為小白纏上。

　　小白好像也明白她在幫自己，一直乖乖地任由她擺布。

　　不一會兒，江小柔宣布：「好啦，大功告成！」

高立民連忙催促：「那我們快點把牠送走吧！」

江小柔抬頭看了看天空，不安地道：「可是，外面還下着大雨，如果我們現在把小白送出去，牠會生病的！」

「這也沒辦法，我們總不能把牠留在學校裏啊！」高立民無奈地道。

上課鈴聲響起來了。

「糟啦，要上課了！」江小柔慌了手腳。

文樂心也不知所措地說：「學校大門已經關上，我們來不及把小白放

走了，怎麼辦？」

　　高立民想了想道：「沒辦法了，先把牠帶進教室吧！」

　　文樂心嚇得瞪大了眼睛，說：「不好吧？這樣一定會被人發現的啊！」

　　江小柔也很擔心會被老師責罵，可是當她看見小白正一臉無助地望着她時，她心軟了：「好吧，不管了！」

　　她匆匆抱起小白便往外走，文樂心和高立民趕忙跑在前頭為她護航，三個人一步一驚心地往教室走去。

　　幸而他們的教室同樣是位於三樓，他們很快便來到教室門口。

當他們剛跨進教室，還來不及思考該怎麼處置小白時，高立民的好友胡直便已經跳上前來，一把拍在他的肩膀上道：「你今天怎麼這麼晚啊？快過來，我有一道數學題要找你幫忙解一解呢！」

胡直硬拉着高立民往他的座位
走，然而，就在他們轉身的一刹那，
胡直眼角的餘光剛好瞥見了江小柔懷
中的小白。

27

他以為自己眼花看錯了，於是把頭湊到小狗的跟前欲看清楚，小白被他的舉動嚇了一跳，本能地一挺身子，朝他「汪汪」叫了兩聲。

江小柔猝不及防，手一鬆，小白便跳到地上去了。

胡直嚇得「哇」的一聲大叫：「哪兒來的狗啊？」

其他同學聽到狗吠聲，也一下子沸騰起來，紛紛湧上前來看熱鬧。

謝海詩見江小柔竟然帶着一隻狗來上課，有點不相信地托了托眼鏡道：「小柔，你瘋了嗎？怎麼能把家

裏的小狗帶回來啊？」

今天的值日生兼班長黃子祺立刻從座位上跳起來，兇巴巴地指着江小柔道：「你死定了，我要告訴老師！」

排山倒海的責備聲把江小柔迫得紅了眼睛，忙大聲地澄清：「這隻小狗不是我的，拜託你們不要告訴老師啊！」

文樂心也趕緊幫忙解釋：「剛才我們見牠受傷伏在地上，怪可憐的，所以才把牠帶進來療傷啊！」

吳慧珠走近一看，只見小狗不但擁有一身雪白的毛髮，渾圓的頭部，

還長有一雙圓滾滾的黑眼睛，樣子可愛得像個洋娃娃，她一下子便被牠征服了，忍不住伸手在牠的背上掃了掃，讚歎道：「小狗很可愛啊！」

「小白真的很可愛。」江小柔連連點頭。

吳慧珠笑着跟牠打招呼：「小白，你好嗎？」

小白聽到吳慧珠喊牠，竟然拖着蹣跚的步伐向她走近，一邊殷勤地搖着尾巴，一邊低頭在她腳下起勁地亂聞亂嗅起來，嚇得吳慧珠立刻退回座位上去。

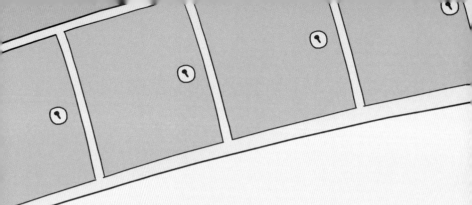

　　大家看見吳慧珠狼狽的樣子，都樂得「咯咯咯」地捧腹大笑，就連謝海詩和黃子祺也忍不住笑了。

　　黃子祺見小白這麼可愛，也不忍告發小柔，立時口風一轉道：「老師要來了，快把小白藏起來吧！」

　　「可是，我們可以把小白藏在哪裏呢？」江小柔疑惑地問。

　　坐在最後排的謝海詩忽然「唰」的一聲，拉開了一個位於她身後的櫃

門，道：「先把牠放在裏面吧，我們可以留一道縫給牠透透氣，只要牠乖乖待着不動，便不易被發現。」

「太好了！」

江小柔驚喜萬分，忙一邊把小白抱進櫃子，一邊小聲地吩咐道：「小白你要乖乖啊，如果讓老師發現了你，我們便死定了！」

小白好像答應似的朝她輕輕「汪」了一聲，便任由她把自己抱進櫃子裏去了。

這樣真的安全嗎？大家都忐忑不已。

第三章 功敗垂成

　　徐老師步進教室了，各同學都佯裝沒事兒的樣子返回座位，端端正正地望着徐老師，表現得比任何時候都更要乖巧。

　　剛開始上課的時候，文樂心和江小柔一直提心吊膽，幸而徐老師的神色未有異樣，似乎並未發現什麼，她們才漸漸安下心來。

　　這天的中文課很精彩，徐老師向大家介紹中國古代四大名著之一的《西遊記》，大家對於故事裏講述美

猴王孫悟空對付妖魔鬼怪的情節很感興趣，所有人都聚精會神地聆聽着。

忽然，課室後面傳來幾下「咚咚」的響聲。

「什麼聲音？」徐老師詫異地問。

同學們都心知肚明，這聲音分明就是小白在櫃裏移動時發出的。

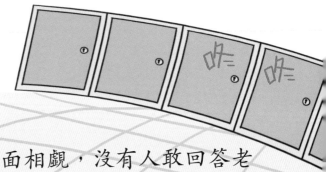

　　大家面面相覷，沒有人敢回答老師。

　　正當徐老師要走過來巡查時，高立民突然舉手，一臉抱歉地向老師報告道：「徐老師，對不起，剛才我的鉛筆刨被鉛芯卡住了，所以我不自覺大力地敲了幾下。」

　　他一面陪着笑，還一面拿着鉛筆刨故意往書桌上又再多敲了幾下。

　　徐老師釋疑了，只輕輕白了他一眼，便又再繼續講課。

大家見高立民順利過關，都暗自替他捏一把冷汗。

文樂心罕有地朝他讚賞地一笑，還在他耳邊悄聲說：「謝謝你啊！」

高立民頓時一陣飄飄然的，甚是得意。

然而，他們未免高興得太早了。

才過了一陣子，躲在櫃子裏的小白又再不安分地亂爬亂抓，發出一陣「砰砰啪啪」的聲音。

正在黑板上寫字的徐老師有點不滿地回頭看了大家一眼，問：「這

又是怎麼回事了？」

　　這次輪到黃子祺自告奮勇地站起身來，呵呵笑地回答道：「徐老師，我剛才在模仿孫悟空打妖精時的動作，一時忘形了，對不起。」

　　同學們聽到他這個牽強的說辭，都禁不住吃吃地掩嘴偷笑。

　　徐老師瞪着黃子祺道：「好呀，既然你那麼喜歡當孫悟空，那待會兒便得麻煩你再當一次孫悟空，幫我這個『師父』把今天收回來的作業，全部送到教員室去！」

　　「今天的作業總共有三大疊
呢！」黃子祺心裏叫苦，但為怕會穿
幫，卻又有口難言。

　　好不容易過了半個多小時，下課
的鈴聲響起來了，徐老師收拾東西預
備離開，大家都鬆了一口氣，滿以為
終於可以瞞天過海了。

　　誰知就在這時，寧靜的教室突然
傳來「嚏」的一聲巨響。

　　原來是吳慧珠打了一個大噴嚏。

　　她這個噴嚏的聲浪實在驚人，連
一直乖乖地躲在櫃子裏的小白也被嚇
得「汪汪汪」地吠了起來。

這一次，徐老師聽得真切，萬分驚訝地問：「怎麼會有狗吠聲的？」

「糟了！」江小柔和文樂心的臉色霎時變得蒼白。

徐老師循着聲音來到謝海詩身後的櫃子，一把拉開了那道櫃門，一個白色的身影應聲而出。

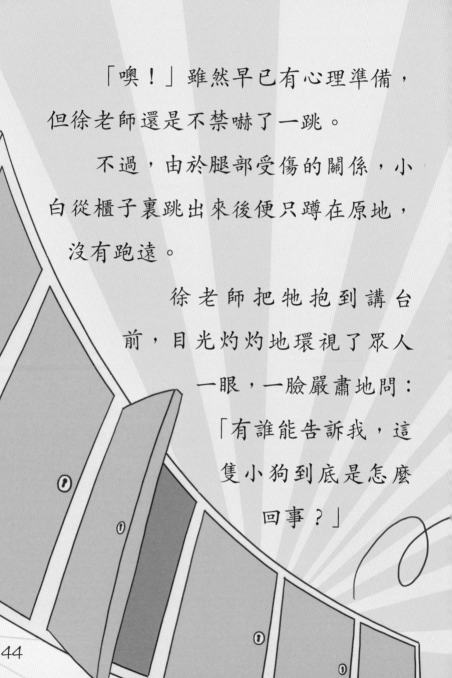

「噢！」雖然早已有心理準備，但徐老師還是不禁嚇了一跳。

不過，由於腿部受傷的關係，小白從櫃子裏跳出來後便只蹲在原地，沒有跑遠。

徐老師把牠抱到講台前，目光灼灼地環視了眾人一眼，一臉嚴肅地問：「有誰能告訴我，這隻小狗到底是怎麼回事？」

江小柔沒法子，只好怯怯地稟告老師：「徐老師，對不起，小狗是……是我帶進來的。不過，我不是故意的呀！」

　　她擺擺手強調說：「今天早上回來，我見到小白伏在學校門外，右腿一直淌着血，所以才把牠抱進來，幫牠包紮了傷口。」

徐老師低頭一看，發現小白的右腿果然纏着一條小手帕，但因為是出於孩子之手，所以包紮得有點兒簡陋，她失笑地搖搖頭：「你們這樣處理傷口不行啊！」

　　「我先帶小狗到醫療室處理一下傷口，其他問題遲些再談。」徐老師匆匆抱起小白便往外走。

🐩第四章 噴嚏大王

　　小息的時候，同學們聚在一起討論小白的問題時，不約而同地向吳慧珠大興問罪：「都是你！你怎麼偏偏在要緊關頭才打噴嚏啊！」

因為自己一個噴嚏而令大家功敗垂成，吳慧珠也很自責，但當被同學們一致指罵時，她還是覺得有些委屈，圓圓的小臉蛋霎時漲得通紅，反駁道：

打噴嚏是正常的生理現象嘛，它要來的時候，我又怎麼能憋得住？

黃子祺蠻不講理地哼了一聲，說：「在這麼重要的時刻，不行也得行嘛！」

　　坐在他旁邊的周志明也附和道：「就是嘛，真是隻闖禍精！」

　　吳慧珠被他們說得鼻頭一酸，難過得幾乎便要哭出來了。

49

文樂心見他們欺負珠珠，很是生氣：「你們怎麼能怪珠珠啊？難道你們就不會打噴嚏嗎？」

黃子祺昂起鼻子道：「我才不會在不適當的時候打噴嚏呢！」

文樂心正要反唇相譏，忽見徐老師抱着小白走進來，本來喧鬧的教室頓時靜了下來。

徐老師掃了掃小狗的背部，微笑着跟大家說：「我已經替小白重新處理好傷口，應該不會有大礙了，我現在便把牠送走，你們跟牠說聲再見吧！」

江小柔有點不捨地問：「老師，你要把小白送到哪兒啊？」

　　「既然小白是在學校門口撿到的，那我便把牠放回原處，讓牠自行回到原來的地方。」

　　江小柔抬頭望了望窗外，見外面仍然下着大雨，不禁有些擔心地道：「可是現在雨下得這麼大，小白的腿又受了傷，牠會着涼的啊！」

　　文樂心也不安地問：「牠行動不便，應該會很難找到食物吧？牠能好好地照顧自己嗎？」

　　「徐老師，不如我們把小白留

在學校，待牠痊癒後才送牠離開，可以嗎？」江小柔哀求道。

徐老師為難地說：「把小白留在學校，誰有空照顧牠啊？」

「老師，我們可以負責照顧牠的！」高立民首先舉手。

「我家也有一隻小狗，照顧小動物難不倒我！」吳慧珠也接着說。

徐老師見同學們對小狗如此熱心，欣慰地笑着點點頭：「小白的毛髮光滑整齊，脖子上又戴着一條狗帶，我估計牠是有主人的，只是和主人走散了。既然你們答應照顧牠，我便姑且先讓牠在學校多留幾天，待牠的傷勢好轉後才再作打算。」

「太好了！」大家都喜出望外，江小柔更樂得回頭跟身後的文樂心交換了一個勝利的微笑。

「小白留在學校期間，你們除了要全權負責牠的起居飲食外，記得要用小白的照片設計一張派發給路人

的尋人啟事，希望可以幫牠找回主人啊！」

徐老師一邊提醒他們，一邊從抽屜找來一根繩子，把小白拴在教室門外的欄杆上，並吩咐大家道：「為免妨礙你們上課，我暫時把牠綁在這兒，除了午飯時可以帶牠去散步外，你們不可以隨便把繩子解開啊！」

「遵命！」大家異口同聲地答應。

小白似乎也很高興，徐老師剛把牠放在地上，便迫不及待地撲向走近牠的江小柔，可惜牠被繩子綁着走不遠，

只好隔空地朝她「汪汪汪」的連叫好
幾聲，好像已經認定了江小柔是主人
似的，逗得江小柔馬上衝
上前把牠抱在懷
裏。

同學們見小
白這麼可愛，都
爭先恐後地圍了上來。

忽然，人羣中傳來轟然的噴嚏
聲，嚇得小白從江小柔的懷中滑下
來，大聲地朝噴嚏的方向「汪汪汪」
的吠了好幾聲，以示抗議。

大家循着小白的目光望過去，

只見黃子祺和吳慧珠都站在同一個方向，大家很自然地指着吳慧珠説：「又是你！」

　　吳慧珠急忙搖頭擺腦地否認：「冤枉啊，這次不是我！」

大家的焦點，旋即轉而落到黃子祺身上。

汪汪汪

謝海詩嘿嘿一笑地揶揄他：「怎麼啦，你不是說你不會在不適當的時候打噴嚏的嗎？」

　　黃子祺尷尬地搔搔後腦勺，陪笑道：「對不起啦，我實在是忍不住嘛！」

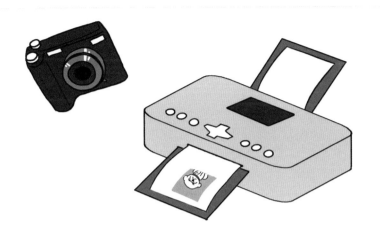

第五章 尋找主人大行動

　　到了午飯的時候，文樂心和江小柔草草吃完午餐，便開始忙碌地為小白製作一張尋人啟事。

　　文樂心特意向徐老師借來一部照相機，替小白拍了一張非常精靈可愛的照片，並請老師幫忙把照片打印在

一張白紙上。

　　回到教室後，文樂心再在白紙上加工，寫上發現小白的時間、地點及聯絡方式。

可是，文樂心一時失手，把字體寫得既歪歪斜斜又大小不一，十分難看。

坐在旁邊看着的高立民，忍不住嘖嘖連聲地取笑她説：「小辮子，你的字真醜！這樣的尋人啟事，誰能看得明白啊？」

文樂心受不了高立民如此批評，一臉不服氣地努努嘴道：「我的字體的確不夠端正，但你的字體也好不到哪裏去嘛！」

高立民滿不在乎地聳了聳肩，嘻嘻笑道：「起碼我有自知之明，才不會像你這樣不自量力。」

　　胡直好奇地跑過來一看，也立時「哇哈哈」地大笑起來：「把你這張尋人啟事貼在學校門外，也實在太丟人了吧？」

　　謝海詩瞟了那張尋人啟事一眼，不禁眉頭一皺道：「心心，我看你還是重新再寫一張比較好啊！」

文樂心也很想重新再寫一遍，但又不好麻煩徐老師再列印照片，不禁懊惱地跟江小柔道：「小柔，照片就只有這麼一張，卻被我搞成這樣，怎麼辦？」

　　江小柔連忙安慰她道：「我倒覺得這樣也挺好啊，正好讓途人知道我們是小學生嘛！要不，我在上面加點什麼美化一下吧！」

「好主意啊！」文樂心連連點頭。

江小柔立刻發揮她的繪畫天賦，在尋人啟事的空白位置上，加插了很多有趣的圖案作點綴，還在照片旁邊加了一幅小狗楚楚可憐地在等待主人的插畫，特別的惹人憐愛。

　　吳慧珠喜歡得不得了，高聲讚美
道：「哇，小柔，你把小白畫得很可
愛啊！」

　　謝海詩也忍不住誇她：「小柔，
你真是個神奇的魔法師啊！」

江小柔有點害羞地紅了臉，溫柔地笑笑道：「如果我這個魔法師能把小白的主人變出來就好了！」

「一定可以的！」大家都顯得信心十足。

尋人啟事完成後，徐老師便領着同學們來到學校門口，把一大疊尋人啟事的複印本交給

他們，讓他們派發給經過的途人。

　　過路的人發現派傳單的全是年紀
小小的小學生，也很樂意伸手接過傳

單，一些較年長的叔叔姨姨見他們如此賣力，都對他們讚不絕口：「小朋友，你們真有愛心啊，加油！」

得到別人的讚許，同學們都很受鼓舞，派起傳單來也就更起勁。不消片刻，所有傳單都派發完畢了，可是他們並沒有找到小白的主人。

江小柔垂頭喪氣地說：「我們派了那麼多傳單，為什麼還是一點消息也沒有？」

樂觀的文樂心也不免有些沮喪地歎氣道：「小白該不會是被遺棄了吧？」

徐老師連忙安慰大家道：「別氣餒，我們明天再努力吧！」

雖然如此，但當江小柔偶然回頭，見到守在門口的小白正以一雙透着憂鬱的眼睛牢牢地望着遠方時，心裏還是很替牠感到難過。

第六章　失散的同類

　　當晚回到家裏，江小柔纏着她那位當獸醫的爸爸，不停詢問有關飼養小狗的細節，江爸爸覺得好奇怪：「怎麼啦？你要知道這麼多幹嘛？你該不會還想養一隻狗吧？我們家有小貓妙妙已經夠了啊！」

「不是這樣啦!」江小柔只好把
她發現小白的事情告訴爸爸,並請求
爸爸明天跟她一道回校,為小白檢查
傷勢:「爸爸,你就答應我一次嘛,
小白真的很可憐啊!」

江爸爸也很同情小白，
於是毫不猶疑地點頭答
應了。

　　第二天，當他
們剛踏進校園，
一團白色的身影
便已經一拐
一拐地向小
柔走過來，
一邊親暱地
圍着她的腳
邊轉，一邊興
奮地「汪汪汪」

連喊好幾聲。

江小柔頓時眉開眼笑，一把將牠抱起來，得意地向爸爸介紹道：「爸爸，你看，這就是小白了，是不是很可愛啊？」

江爸爸點頭笑道：「牠真的和我們家的妙妙一樣可愛呢！」

江小柔帶着爸爸和小白一起回到教室，匆匆放下書包後，便把小白放在講台的大書桌上，把書桌當作臨時的診療台，讓爸爸為小白作身體檢查。

江爸爸打開他的醫療箱，首先為小白檢查腿上的傷口，並重新上藥及包紮，緊接着便開始為牠檢查口腔、眼睛、皮膚、心臟等等，進行一個簡單的身體檢查。

其他同學見狀，都一窩蜂地圍了上來，你一言我一語地熱烈討論起來。

高立民首先好奇地問：「江叔叔，

請問小白是屬於什麼品種啊？」

　　江爸爸微笑着道：「小白是比熊犬，性格和你們一樣開朗活潑，很喜歡親近人，你們跟牠一定相處得很融洽了，對吧？」

　　文樂心聽得連連點頭，搶着回答：「對啊，當我第一眼見到牠時，牠便已經很喜歡我們了，完全沒有陌生感呢！」

周志明掩着嘴巴偷笑道：「一定是因為你長得像是牠的同類，哈哈！」

　　黃子祺隨即接口道：「如果幫小白編兩條小辮子，那就更像了！」

　　大家頓時哈哈大笑起來。

「可惡！」文樂心氣得臉都紅了，立刻跑過去追打他們，他們都慌忙敏捷地笑着逃開去。

江爸爸看着孩子們開心地嬉鬧，笑着點點頭道：「這兩位男同學的行為雖然不對，但他們也說對了一點，就是你們要好好為小白打理毛髮。」

　　他一邊撫着小白長長的毛髮，一邊跟大家解說：「小白的毛髮就跟你們的頭髮一樣，每天都得梳理一下才能保持整潔，要不然就會打結呢！」

　　對「吃」這方面特別關注的吳慧珠，很好奇地問：「江叔叔，那麼我們應該給牠吃什麼？」

　　「小白還屬於幼犬期，只要買些狗糧再加少量蔬果給牠便可以了。」

高立民一拍額頭道：「糟了，學校裏沒有狗糧啊，怎麼辦？」

江小柔立刻跑回自己的座位，不慌不忙地從書包裏取出一包狗糧，得意地揚了揚道：「別擔心，我早有準備！」

「太好了，那麼我們快餵給牠吃吧！」吳慧珠立刻熱心地上前把狗糧拆開，放在一個小盆子裏，然後半蹲下身子，把盆子遞到小白的跟前逗牠，「小白小白，快過來吃東西啊！」

然而，小白並沒有立刻吃東西，反而張着眼睛，用一雙黑眼珠望着吳

慧珠，再下一秒鐘，牠竟出其不意地跳到吳慧珠的膝上，嚇得吳慧珠驚叫着站起來。

高立民指着她大笑道：「原來珠珠才是小白失散了的同類呢！」

跳起

第七章 給牠一個家

在老師和同學的悉心照顧下，小白的腿傷很快便痊癒了，可是，小白的主人始終沒有聯絡學校。

徐老師有見及此，於是向大家宣布說：「小白留在學校已經好幾天了，我們連日來不停在學校門外派發尋人啟事，但始終找不到小白的主人。我們不能長期把牠留下來，既然牠已經康復，我們便得把牠交給愛護動物協會，由專業人員來照顧牠。」

江小柔聽到小白要離開，心裏很

是難過，忍不住說：「徐老師，請你不要把小白送走可以嗎？」

徐老師理解地點點頭：「我知道大家都很喜歡小白，但我們這兒畢竟是學校，很難為牠提供合適的居所，我們應該為小白尋找一個真正的家。」

江小柔擔心地皺起眉頭道：「可是，我曾經聽爸爸說過，動物協會裏有很多小動物都在等待被領養，但願意領養的人其實很少，有很多等不及的動物都會被人道毀滅的！」

　　江小柔說到此處，不禁難過得紅

84

了眼睛。

　　同學們都大吃一驚，立時七嘴八舌地議論起來：「不會吧？這樣實在太殘忍了！」

　　「牠們很可憐啊！」

文樂心擔心地問：「老師，如果我們把小白送進去，牠是不是也會被人道毀滅？」

「不要啊！小白那麼可愛，怎麼可以這麼殘忍？」吳慧珠很不開心地扁着嘴巴。

高立民也很感不安地道：「徐老師，既然我們把小白救回來，就有責任好好保護和照顧牠啊！」

小白之家

黃子祺大着膽子問：「老師，不如我們收留牠吧，反正學校地方多的是嘛！」

「可是……」徐老師輕歎一口氣，有點愛莫能助地搖搖頭，「我們不能隨便收留來路不明的小狗，這樣可能會感染病菌的，況且，照顧小狗可不是一件容易的事啊！」

江小柔立刻舉手道：「我爸爸是獸醫，可以請他擔任小白的專用醫生，保證牠

可以長得健健康康、白白胖胖！」

「我們可以每天輪流照顧牠啊！」文樂心也趕緊接口道。

「小白也可以有貢獻的，牠晚上可以幫學校守門口啊！」黃子祺為小白抱不平地說。

吳慧珠紅着眼睛道：「老師，求求您答應我們吧，我不要小白被人道毀滅啊！」

　　徐老師被同學們感動了，微笑着安慰道：「見到大家對小動物如此關愛，老師也很欣慰。不過，對於能否把小白留在學校這件事，老師也作不了主。我只能答應替你們向校長反映你們的意願，看看會不會有轉機吧！」

徐老師，謝謝您！

　　雖然徐老師無法給他們一個肯定的答覆，但既然老師願意幫忙，便代表事情還有希望，大家頓時精神為之一振，感激地齊聲道：「徐老師，謝謝您！」

 第八章　一生一世的承諾

　　這天午飯後，正當大家三三兩兩地在教室裏嬉戲的時候，徐老師忽然一臉樂滋滋地走進來，為大家帶來了一個大喜訊：「各位同學，校長決定讓小白繼續留下來！」

　　同學們驚喜萬分，紛紛拍掌大叫：「校長萬歲！」

　　江小柔自然是最開心的一個，欣喜若狂地喊：「太好了，往後我可以每天都見到小白了！」

「大家請先聽我說。」徐老師笑着擺擺手，待大家安靜下來，才又接着補充道：「校長說，在答應讓小白留下來之前，你們得先答應我們兩個條件。」

「是什麼啊？」同學們一怔。

徐老師收斂了笑容，表情一下子變得嚴肅起來，解釋說：「首先，由於這兒是學校，你們每天下課後便得回家，故此，校長已經拜託了我們駐校的工友姨姨負責照料小白。不過，這只限於你們不在校的時候。換言

之，在上課的日子裏，你們都要肩負起照顧小白的責任。」

「沒問題！」同學們都爽快地答應。

徐老師瞟了他們一眼，才又接着道：「第二，你們必須承諾一生一世照顧牠，即使你們日後畢業了，也得負責栽培願意照顧小白的學弟學妹來

當『接班人』，並且不時回來探望牠。
你們能做得到嗎？」

　　文樂心有些迷惑地自言自語：
「『一生一世』的意思，是指我變成
了老婆婆後也得照顧小白嗎？」

高立民味聲一笑道：「小辮子你真沒常識，難道你不知道小狗的壽命一般都只有十多年嗎？一生一世的意思是指小狗，不是你自己啊！」

十多年的承諾，應該比較容易做得到吧？

同學們你看看我、我看看你，很快便有了默契地點點頭，異口同聲地說：「一言為定！」

「好，既然大家都沒意見，那就這麼說定吧！」

接着，徐老師又笑笑說：「不過，我暫時不會教大家該如何照顧小白，

你們可以把自己當作是小白的父母，試想一下該怎麼做才能為小白提供一個真正的家，藉此體驗一下作為父母的辛勞。」

徐老師才剛離開，同學們便熱烈地討論起來，然而大家實在興奮得過了頭，你一言我一語地說個不休，當然得不出什麼可行的結論。

高立民聽不下去了，猛然跑到黑板前，快速地畫了一個小白日常生活分工表，朗聲地向全班同學說：「各位同學，不如我們來分配一下工作吧，這樣會比較有效率啊！」

文樂心搶着舉手：「我負責帶籠子。」

江小柔拍了拍胸膛道：「我家裏養着一隻小貓，我大概知道小狗需要些什麼，小白的被子、盆子等等小用具便由我負責吧！」

「我家裏也有養小狗，我可以每天帶美味的狗糧給

牠吃！」吳慧珠笑嘻嘻地說。

　　黃子祺也不甘後人地插嘴：「我可以負責遛狗！」

　　謝海詩不屑地抿着嘴道：「我看應該說是『狗負責遛你』比較合適吧？嘿嘿！」

　　大家聽了都點點頭道：「對啊，你分明就是想藉故溜出去玩吧？」

黃子祺也沒否認，只嘻嘻笑地一攤手道：「這是一舉兩得的事嘛，不是嗎？」

　　旁邊的周志明趕緊說：「黃子祺，你一個人應付不了小白的，不如我跟你一起去吧！」

　　黃子祺呵呵笑道：「沒問題！」

第九章 誰是搗蛋王

　　第二天早上，同學們都將自己負責的物品帶了回來，同心協力地為小白布置了一個很漂亮舒適的家。

　　他們把小白之家放置在教室裏靠窗的一角，然後把綁在欄杆的小白放開了，説：「小白，快來看看你的新居啊！」

　　小白一看到這個專門為牠而設的家，便很自然地走了進去，還隨即躺在那張由江小柔為牠預備的軟墊上滾來滾去，樣子享受極了。

　　江小柔看見小白這樣子也樂開
懷，趕忙從書包裏取出一個骨頭玩
具，輕輕往小狗前方一拋，逗牠說：
「小白，來來來，有骨頭啊！」

　　小白立刻從舒適的籠子裏跑出
來，向着骨頭的位置撲過去，然後衝

着骨頭傻乎乎地在教室走道上到處亂
竄，好像要跟小柔玩兵捉賊遊戲似的。

　　江小柔見牠這麼可愛，忍不住追
在牠身後。

　　小白見小柔跟自己一起跑，雀躍
萬分，腳下也就跑得更快了。

跑着跑着，小白不小心把一個放在書桌旁的書包撞翻了，書包裏的筆盒「啪」的一聲跌在地上，散了一地文具，追在後面的江小柔收不住腳，剛好踩在文具上。

　　她「哎呀」一聲，整個人便像隻小烏龜似的滑了個腳底朝天。

　　周志明幸災樂禍地哈哈大笑：

「江小柔，你在扮烏龜嗎？」

　　「周志明，人家跌倒你還在笑，真過分！」文樂心一邊生氣地罵他，一邊趕緊上前把江小柔扶起來，關心地問：「小柔，你沒事吧？」

　　小白似乎也自知闖了禍，連忙走過來挨着江小柔，起勁地擺着尾巴，一副知錯的樣子。

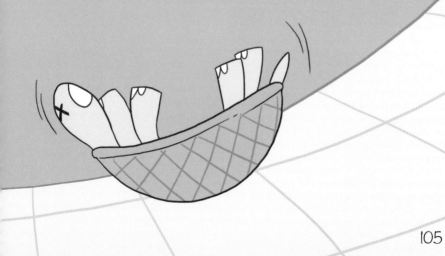

幸而江小柔只是摔了一跤，並沒有受傷，她尷尬地站了起來，紅着臉連聲道：「沒事，我沒事。」

不一會兒，上課鈴聲響起來了。

大家急忙回到座位，拿出課本預備上課，小白也很乖巧地回到那個屬於牠自己的家，自個兒玩樂去了。

就在這時，周志明忽然從座位上跳起來，掩着鼻子退到走道上，大聲叫道：「是誰隨便在地上便溺了？很噁心啊！」

同學們都料想到是小白所為，頓時爆出陣陣轟然的笑聲。

　　黃子祺「咯咯咯」的大笑着：「周志明，這可是小白特意送給你的『黃金大禮』，你就笑納吧！」

謝海詩也「嘿」一聲笑道：「剛才他取笑小柔，小白一定是看不過眼，要替救命恩人出氣呢！」

大家也認同地點點頭，還邊笑邊嘉許地拍掌叫道：「小白，幹得好！」

「發生什麼事了？」一把聲音冷冷地插進來。

原來徐老師不知什麼時候已經進了教室，正板着臉孔望着同學們。

所有人立時鴉雀無聲。

徐老師一雙嚴峻的目光，在每位同學的臉上掃來掃去：「已經是上課時間了，大家還在鬧什麼？到底是誰

在搗蛋？」

　　全班數十隻手，不約而同地指着
同一個方向。

而這個方向的目標人物只有一
個，那就是──小白。

第十章 聽話的乖寶寶

這天早上，徐老師剛進教室便跟同學們道：「今天我們的早會安排在操場上舉行，請大家守秩序，一個跟着一個地去操場集隊。」

話最多的黃子祺笑嘻嘻地問：「老師，我們到操場去幹什麼？」

徐老師微微一笑道：「要幹什麼，待會兒你們便知道了。」

文樂心異想天開地道：「難道老師安排我們到外面去玩？」

高立民忍不住笑了：「你在做白

日夢嗎？」

　　當徐老師帶着他們沿着樓梯往下走時，目光敏銳的胡直立刻指着操場的中央，道：「咦，那個人不就是江叔叔嗎？」

江小柔忙放眼一望，遠遠見到一個人正站在操場上，她認得這個人的確就是自己的爸爸。

江小柔

驚喜地喊：「真的是
爸爸啊，他身旁還有
小白呢！」

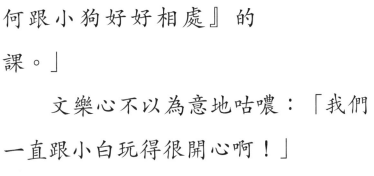

　　他們來到操場後，
江爸爸微笑着道：「大
家好，我很榮幸得到
徐老師的邀請，特意
為大家上一堂『如
何跟小狗好好相處』的
課。」

　　文樂心不以為意地咕噥：「我們
一直跟小白玩得很開心啊！」

　　江爸爸聽了笑着說：「跟牠相處

得開心固然重要，不過，小狗跟孩子一樣，除了吃喝玩樂外，也必須學會遵守一些規則，使牠能當一個聽話的乖寶寶，大家才可以融洽相處。」

他頓了頓又接着說：「當我們把一隻小狗帶回來後，首先要做的事，就是為牠進行排泄訓練。」

周志明十分認同地連連點頭：「對對對，小白早就該接受訓練了嘛！」

大家想起周志明收到的「黃金大禮」，都忍不住又再轟然大笑。

江爸爸一邊輕按着小白的頭部作

示範，一邊說：「來到陌生的環境，小狗一般都會到處排泄，這是牠的天性，所以每當小狗在不適當的地方排泄後，你可以把小狗的鼻頭往排泄物上輕按，直接告訴牠『不可以』，然後再帶牠到排泄的指定地方。只要堅

持數次，小狗自然便能學會。」

　　同學們都恍然地道：「原來是這樣啊！」

　　江爸爸還即場示範了如何訓練小狗聽從簡單的指令，例如：坐下、停止、設定活動範圍等等，大家都很認真地學習。

　　這天午飯過後，大家便迫不及待地帶着小白來到操場，開始進行各種訓練。

　　江小柔掂着一小塊狗糧，放到小

白前方一米遠的距離，然後向牠發出指令道：「小白，過來。」

　　小白立刻喜悅地跑到狗糧的跟前，江小柔輕拍一下牠的背，讚賞地道：「很乖啊。」

　　接着，江小柔回頭跟文樂心說：「心心，你也來試試吧，很容易的！」

　　文樂心有些緊張地來到小白跟前，擺擺手吩咐道：「小白，坐下。」

　　起初，小白似乎不太明白，但經文樂心親自示範坐的動作後，小白很快便做到了。

「小白太棒了！」文樂心立刻賞牠一塊狗糧。

「原來訓練小狗也很簡單啊！」周志明見她們都能輕易辦到，心裏也躍躍欲試，於是拿起一個玩具骨頭往遠方一扔，對小白說：「小白，去把它拾回來啊！」

然而，小白只抬頭瞄了他一眼，便掉頭緊跟着文樂心和江小柔，完全沒有要理睬他的意思。

周志明揚了揚手上的狗糧，很不服氣地喊：「怎麼嘛，我也有狗糧啊，

為什麼牠卻不聽我的？」

　　胡直忍不住嘻嘻笑道：「小白是聽話的乖寶寶，才不會理睬壞人呢！」

第十一章 真正的幸福

　　自從小白學會了基本的規則及指令後，小白的家便從教室搬到靠近學校門口的一角，讓牠可以在那兒自由活動和玩耍。

　　每天早上，牠都會乖巧地蹲在門口迎接每一位同學，同學們也很喜歡牠，每次經過都愛逗弄牠一番才回到教室。

　　這一天，文樂心和江小柔回到學校後，便如常地來到小白身旁，輕撫一下牠的背問：「小白，早安啊，你

昨夜睡得好嗎？」

　　就在這時，一位衣着樸素的老婆婆怯怯地站在學校門口，手上拿着一張紙，疑惑地四處張望，像是在尋找什麼似的。

　　在學校門前站崗的工友姨姨正欲上前查問，在旁跟文樂心和江小柔

玩耍的小白，突然發狂似的朝老婆婆
「汪汪汪」地連聲大叫，並且拔足便
向着老婆婆直撲過去。

　　文樂心和江小柔驚呆了，以為小
白要傷害老婆婆，慌忙大聲喝止：「小
白，停止，不可以！」

　　怎料老婆婆不但沒有被小白嚇

倒，反而驚喜得眼泛淚光，立刻迎上前將牠一把抱入懷中，語帶激動地喊：「噢，我的圓圓，原來你真的在這裏，太好了！太好了！」

文樂心和江小柔都很是疑惑，連忙跑上前問：「婆婆，你認識小白的嗎？」

「小白？」老婆婆一怔，然後又立時會意地笑着指了指懷中的小白，「你是指牠嗎？牠是我的『圓圓』啊！」

老婆婆隨即回頭，把手上握着的那張紙遞給了工友姨姨道：「我是看到這張尋人啟事才找來的，我是小狗的主人，想要把小狗領回去，可以嗎？」

工友姨姨看見尋人啟事，

點點頭道：「我先帶你去見老師，看老師怎麼處理吧，好嗎？」

老婆婆笑着點點頭，便跟着工友姨姨向着教員室走去。

文樂心和江小柔很是吃驚，急忙跑回教室通風報信：「大新聞呀，小白的主人出現了，她要把小白領回去呀！」

吵吵鬧鬧的教室立時靜了下來，大家都顯得好不愕然。

黃子祺詫異地道：「怎麼忽然跑了個主人出來？不是說小白已經被遺棄了嗎？」

謝海詩瞇着眼睛，疑惑地忖度：「尋人啟事貼了這麼多天，主人現在才忽然來相認，該不會是假冒的吧？」

大家都擔心起來：「老師應該不會隨隨便便把小白交給別人吧？」

忽然，門外傳來徐老師的聲音：

「各位同學，讓我介紹一位老婆婆給大家認識。」

同學們都心裏有數地望着徐老師，安靜地聽着她的話：「這位是林婆婆，是小白真正的主人。」

大家一邊好奇地望着懷中抱着小白的林婆婆，一邊齊聲地向她打招呼：「林婆婆您好。」

林婆婆微笑着回應：「大家好。」

徐老師見大家臉上都掛着個大問號，於是主動地向大家解釋道：「林婆婆一直獨居，並飼養着小白。但最近因事要回鄉一趟，本以為隔

天便可以回家，故此只留下一天的食糧給牠便走了。沒想到回鄉後一不小心扭傷了腳，只好被迫多留了一個多星期才回來。小白也許就是因為肚子餓，所以偷偷逃了出去的。」

林婆婆笑瞇瞇地往每一位同學的臉上望去，問道：「我聽徐老師說，是你們班的兩位同學把牠救回來的，請問是哪兩位啊？」

　　「是我們。」文樂心和江小柔站了起來。

　　林婆婆認出她們是剛才在門口跟她說話的同學，驚喜地喊：「原來就是你們！」連忙走近她們，感激地說：「謝謝你們救了我家的圓圓，你們都是很有愛心的好孩子。」

　　同學們看了看林婆婆歡欣的笑臉，又看了看正一臉滿足地窩在林婆

婆懷中的小白，誰都不敢再質疑林婆
婆這個主人的身分了。

　　吳慧珠有些難過地問：「徐老師，
小白是不是要離開我們了？」

　　「不要啊！」大家都不捨地嚷
嚷。

　　徐老師理解地點點頭道：「我明
白大家都很捨不得小白，不過，對於
小白來說，能回到主人身邊才是最幸
福的事，不是嗎？我們應該替牠感到
高興才是啊！」

　　江小柔拉着林婆婆的手，張着
一雙熱切的眼睛，央求道：「林婆

婆，我們都很捨不得小白啊！求求你再給我們一天的時間，讓我們在和牠分別之前，替牠辦一個歡送會，可以嗎？」

林婆婆笑着一口答應：「沒問題。」

大家的臉上才總算再展歡顏。

第十二章 神秘禮物

時間不多了，小息時大家都很自覺地聚在一起，商量着該如何歡送小白。

吳慧珠不假思索便說：「不如就像上次歡送麥老師那樣，來一個大食會吧，怎麼樣？」

「珠珠，我們這次要歡送的是一隻狗，人吃的東西牠大半都不能吃，你這是要歡送自己嗎？」謝海詩沒好氣地道。

吳慧珠吐了吐舌頭，立刻更正

說：「好好好，那我們買些狗糧送給
牠吧！」

　　文樂心搖搖頭道：「與其送吃的，
倒不如送點什麼有紀念價值的，也許

牠便會把我們記在心頭。」

　　「好主意啊！」黃子祺一拍掌，
「不過，該送什麼好呢？」

江小柔一雙眼睛伶俐地一轉道：
「我想到了！」

大家聽了江小柔的提議後，都紛
紛點頭讚好。

第二天午飯時間一到，同學們便
立刻動手把桌椅搬到一旁，然後江小
柔便把預備好的那份神秘禮物放在騰

空的位置上，還故
意用一塊黑布覆蓋住。

　　不一會兒，林婆婆
便抱着小白進來了。

　　江小柔領着林婆婆和小白來到那
份神秘禮物前，然後把蓋着的黑布打
開道：「林婆婆，這個狗玩具是我們

全班同學送給圓圓的臨別禮物呢！」

　　原來黑布下面蓋着的，是一個小
狗造型的布質玩具球，是專門給小狗
咬着玩的。這個玩具球的小狗造型很
可愛，看上去還跟小白有七分相似，
十分有親切感呢！

林婆婆見他們如此有心思，很是感動：「哦，你們對圓圓真的很用心，太感謝你們了！」

小白見到有新玩具，雀躍萬分，立刻從林婆婆懷中跳下來，張嘴便把玩具球咬住。

誰知小白一咬下去，玩具球便發出「呦呦」的響聲。

小白有些被嚇住了，立刻把它放下來，疑惑地圍着它轉了兩圈，見它沒什麼動靜，於是又上前把它咬起來，玩具球便又再「呦呦」的響了一下。反覆試了三兩次後，小白才放心地把它用力往前推，自個兒在後面追逐起來。

黃子祺見牠玩得這麼高興，跑上前拾起玩具球，一把將它扔得遠遠的讓牠去追，小白「汪汪」喊着追上前去，站在一旁的胡直和高立民也湊熱

鬧地加入，一時間，人和狗在教室內滿場飛，玩得興高采烈。

開心的時間過得真快，不一會兒，上課的鈴聲便響起來了，也同時意味着林婆婆和小白要向大家說再見了。

原本還滿載笑聲的教室，頓時充滿着一陣離別的傷感。

「林婆婆，有空記得要多帶圓圓來見見我們啊！」江小柔誠心地道。

林婆婆拍了拍小柔的手，連連點頭道：「我的家就在附近，我答應大家，往後一定會經常帶圓圓來探望大家。」

「一言為定喲！」

當大家都一臉不捨地朝林婆婆和小白的背影揮手時，忽然有人說：「既然大家那麼喜歡養小動物，不如我們去領養一隻回來代替小白不就行了嗎？」

大家回頭一看，說話的人原來是周志明。

謝海詩第一個掉頭走遠：「你想養小狗，那麼一生一世的承諾，你自己負責遵守，我可不能奉陪。」

江小柔也搖搖頭道：「我有家裏的小貓妙妙已經很心滿意足了。」

黃子祺拍了拍他的肩膀道：「加油，我在精神上支持你。」

　　周志明一臉不解地自言自語：「怎麼了？大家不是都很喜歡小狗嗎？為什麼忽然就變了？」

鬥嘴一班

給牠一個家

作　　者：卓瑩
插　　圖：Chiki Wong
責任編輯：劉慧燕
美術設計：李成宇
出　　版：新雅文化事業有限公司
　　　　　香港英皇道 499 號北角工業大廈 18 樓
　　　　　電話：(852) 2138 7998
　　　　　傳真：(852) 2597 4003
　　　　　網址：http://www.sunya.com.hk
　　　　　電郵：marketing@sunya.com.hk
發　　行：香港聯合書刊物流有限公司
　　　　　香港荃灣德士古道 220-248 號荃灣工業中心 16 樓
　　　　　電話：(852) 2150 2100
　　　　　傳真：(852) 2407 3062
　　　　　電郵：info@suplogistics.com.hk
印　　刷：中華商務彩色印刷有限公司
　　　　　香港新界大埔汀麗路 36 號
版　　次：二〇一五年七月初版
　　　　　二〇二二年六月第九次印刷

ISBN: 978-962-08-6363-9
© 2015 Sun Ya Publications (HK) Ltd.
18/F, North Point Industrial Building, 499 King's Road, Hong Kong
Published in Hong Kong, China
Printed in China